حكايا ست الحسن

رواية

العطر القاتل

أسطورة في هوا

د. جُمان الريحاني

إهداء..

إهداء إلى عطر الحب الذي يفوح في أرجاء الحياة

ومن يستنشق عطر الحب لن يقدر على الخيانة ولا
على جرح أي احد

إهداء إلى عطر الحب لكي يجد طريقه إلى قلوبنا
فيطهرها من الخيانة والعطر ويطغى عليها فتصبح
كلها حبا وحب

إهداء إلى الحب لكي ينشر عطره في حياتنا ويجعلها
مليئة به وبنائقه وصفاء اللحظات الجميلة والمليئة
بالحب لنا جميعا

جمان الريحاني

أصل الأسطورة

كان يا ما كان في قديم الزمان وسالف العصر والأوان، كان يا مكان في حكاية كانت تحكى منها من سمعها ومن الناس من لم يسمع بها.

كانت تعيش في غابة في الصين فتاة، رآها البعض ولم يعلم بوجودها البعض، لقد كانت الفتاة تشبه إلى حد كبير الأسطورة.

ووجوده كأنه حكاية من محض الخيال، فهي لم تكن فتاة حقيقية عند عامة الشعب ولكن الكثير من الناس كانوا يعتقدون بوجودها ولا ينكرونه، بل ويعتبرونها

مثلها مثل باقي الأساطير والحكايا الغريبة والتي كانت في الأصل حقيقة وليست مجرد خرافة أو من صنع خيال البشر.

لقد كانت فتاة خارقة الجمال ولكنها لم تكن حقا حقيقية لأن قصتها قد تداولها الناس عبر سنوات عديدة.

سنوات أكثر من أن يعيشها أي أحد، سمع البعض عن قصتها لأجيال.

تقول الأسطورة بأنها كانت فتاة حقيقية وتعرضت لخيانة من حبيب لها فتعرفت بعد سنوات على أخر فخانها هو الآخر، وبعد فترة تعرفت على شاب ثالث فعرفت بأنه خانها هو أيضا وهذا ما جعلها لا تتحمل الخيانة.

يقولون بأنها ذهبت إلى الغابة وهي تبكي من تلك الخيانات وكانت تبكي وتجري وهي تلبس فستانها

الوردي الذي عادت من موعدها مع الرجل الثالث وهي تلبسه.

ولم تخرج من الغابة أبدا يقولون بأنها انتحرت في الغابة ولكنهم لم يجدوا جثتها أبدا.

ومنذ ذلك اليوم أصبح بإمكان أية فتاة أن ترسل حبيبها في اختبار له إلى الغابة فان خرج منها سالما علمت بأنه صادق وليس مخادعا ولن يخونها أبدا.

سبعة أغسطس

وفي كل يوم عيد الحب الصيني 7 أغسطس تظهر تلك المرأة في الغابة في مثل السن الذي اختفت فيه والذي كان سن 32 سنة.

كانت تلك الفتاة تلبس فستانا زهريا جميلا وكأنها زهرة وتضع احمر شفاه كرزي بلون دامي.

لقد كانت جميلة جدا ويقولون بأنها أصبحت تظهر بشعر أحمر، حتى أنهم يقولون بأنه كل عام وبعد عيد الحب، مباشرة تنبت أزهار في الغابة في ليلة واحد تسمى باسمها وتلك الأزهار سامة مثلها.

نعم سامة لأنهم بقولون بأنها تظهر بجه بريء وبشكل جميل وتغري كل من يدخل الغابة وتحاول أن تجعله يقع في حبها بكل الوسائل.

بالإغراء بالقبل وحتى بالهلوسة وبعد ذلك تقتله.

كل الذين دخل والى تلك الغابة توقفت قلوبهم بعد أن قضوا ساعات هناك ولا يعلم أحد كيف ماتوا أو لما كلهم ماتوا بنفس الطريقة.

الطبيب مينغ

كان مينغ طبيب قلب وعلى مدار السنوات وهو يدرس علم تشريح القلب كان يعلم كيف يعمل القلب ولما يتوقف ودائما يجدون سببا للموت.

ولكن كثيرا ما سمعوا بأن تلك الفتاة **لي هوا** تقتل الناس بطريقة مبهمة.

قرر الطبيب مينغ التوجه إلى المدينة التي بها الغابة لكي يكشف عن تلك الأسطورة لقد كان لديه قلب قوي.

كان الشاب يؤمن بالعلم ولا يؤمن بالأسطورة.

يؤمن بالقلب ونبضاته

يؤمن بالأوردة والشرايين.

يؤمن بالأمراض المعروفة والتي تصيب القلب مثل النوبة القلبية، السكتة القلبية المفاجئة، أمراض الشرايين المحيطة، ...... وغيرها.

يؤمن بمختلف الأمراض التي تصيب القلب ولكن ليس أن يتوقف القلب بسبب أسطورة.

كان مينغ يؤمن بأن لكل مرض يصيب القلب أعراض ويمكن علاج أي مرض

ولكن الغريب هو أن كل تلك الجثث التي كانت تصل إلى المستشفى الجامعي خلال دراسته وتخصصه في القلب كانت مفهومة إلا الجثث التي جاءت من الغابة

والتي يقولن بأن امرأة الأسطورة هي التي قتلتهم، تلك الجثث كانت غامضة جدا.

كانت الأعراض هي التهاب الأنف وتورم الجيوب الأنفية التي كانوا يجدون فيها أثارا لالتهابات حادة وحبوب ودماء متجلطة لدرجة أن الأنف يكون مغلقا.

العارض الثاني

هو الرئتان الأرجوانيتان جدا

العارض الثالث

توقف القلب الذي لا يجدون بأنه كان يعاني من أية أمراض وكأنه قلب نام فجأة بدون سابق إنذار.

حالة القلب بالأذنين والبطينين والشرايين الشريان الوريدي، الشريان التاجي الأيمن والأيسر، والأوردة الوريد الأجوف العلوي والسفلي، والصمامات.

لا يمكن أن تكون كل تلك الجثث مشتركة في مرض ما، مرض يصيب الرئتان مثلا.

لا يمكن أن يكون هناك في الغابة مرض ينتشر والناس لا يموتون إلا يوم عيد الحب بالذات 7 أغسطس.

لقد سبق وان تطوعت بعض الجمعيات لحماية البيئة للبحث في الغابة إن كانت فيها سموم أو نباتات وحشائش تسبب هذه الأمراض.

وامتدت على مر السنوات تلك الأبحاث وأيضا بعض علماء النبات والأدوية والأرض ولكن لم يجدوا شيئا يذكر إلا بعض النباتات السامة كأنواع فطر و.........

رحلة البحث

قرر الطبيب مينغ أن يسافر إلى تلك المدينة مدينة تشوتشانغ حيث الغابة الحمراء لكي يدرس الغابة والحياة فيها.

وأيضا قرر أن يجري بحثا عن تلك الأسطورة والمرأة التي كانت تقتل الرجال، فقط الرجال.

لقد بقي شهر على أن يحل عيد الحب ولم يعدد هناك الكثير من الوقت.

أخذ مينغ كل الوثائق التي يحتاجه والتي كانت جزء من بحثه في الحقيقة البحث الذي كان يجريه عن القلوب التي توقفت بسبب الأسطورة.

وأخذ كمبيوتر المحمول وهاتفه وكاميرا من أجل التصوير والتوثيق، واستأذن من الجامعة التي كانت ترعي البحوث ولم يشأ أن يأخذ مساعدا معه.

من الصدف أن الطبيب مينغ قد بلغ سن 32 سنة هذه السنة وقد قضى كل حياته في الدراسة والبحث.

الطبيب مينع شاب أعزب لم تكن له صديقة طوال حياته لأنه يقضي كل وقته في الدراسة بين المستشفى والجامعة ويقضي باقي وقته في المشرحة بين الجثث.

لم يكن لديه وقت بل كان لا يأخذ إجازات أبدا.

لم يكن مينغ من النوع الذي تهواه البنات، فهو لم يكن لبقا ولا يستطيع التظاهر بما ليس عليه، فقد كان يرى

بأنه يستطيع تشريح جثة ومعرفة ما هي أسباب موت الشخص في وقته قد يجلسه مع فتاة لشرب القهوة.

إذن فذلك الوقت الذي سوف يقضيه مع فتاة لا يعرف أن كانت علاقتهما سوف تسير بشكل جيد أو تنتهي تلك العلاقة بانتهاء ذلك اللقاء وقت ثمين ولا يجب هدره هباء.

وقت مهم يمكنه أن يقوم بعمل كثير فيه، يمكنه أن يدرس أو يبحث أو حتى إن يفحص مريضا أو أن يدخل قاعة العمليات مع طبيب آخر للتدرب على إجراء العمليات لإنقاذ حياة شخص ما.

وعدم وجود وقت يقضيه مع البنات كان يجعل كل البنات يخرجن من حياته حتى وان كن معجبات به في البداية، فمن لا يعطيك وقتا لا تستطيع أن تهتم به أو تعطيه من نفسك شيئا.

كل شخص يحب أن يعامل كما يعامل الآخرين
وخاصة إذا كانت طريقة معاملته للناس جيدة.

حزم مينغ أمتعته وغادر سريعا إلى حيث يجب أن
يكون، قاد سيارته لمدة لا تقل على الساعتين.

بحث واستكشاف

قطن في فندق جميل ولكنه كان شخصا يحب الهدوء ولا يحب الفوضى ولا وجود الكثير من الناس في مكان عمله أو بالأحرى دراسته.

لقد تعود على التحكم في غرفة العمليات والبقاء لوقت طويل في المختبر حيث لا يوجد الكثيرون ووقتا في المشرحة بين الجثث لوحده تقريبا.

لذا فهو لم يقضِ إلا ليلة واحدة في الفندق الذي كان يعج بالسياح وكأنه غرفة الاستعجالات وقد وقع حادث مروع وكل الناس بحاجة للإسعاف والمعاينة.

استأجر مينغ شقة في حي سكني مقابل للغابة التي جاء من اجلها، لقد كانت بناية كبيرة جدا ولكن لم يكن هناك الكثير من القاطنين هناك.

وهذا ما اكتشف في مساء اليوم الذي سكن في الشقة حيث بعد أن استقر ووضع كل أغراضه حيث يمكن، توجه إلى مكتبة المدينة واستعار الكثير من الكتب منها كتب تحكي عن تاريخ المدينة وغابة المدينة والأماكن السياحي والأشباح التي يقولون بأنها تعيش في تلك المدينة.

وكتاب عن الأسطورة "أسطورة لي هوا"

وقام بنسخ كل الأخبار عن الحوادث التي حدثت في الغابة، وجرائم القتل التي ربما يكون لها تفسير آخر.

بقي أمامه عمل ولكنه أجله ليوم غد، والعمل هو التوجه إلى مستشفى المدينة ليتحصل على تقارير التشريح للجثث التي قالوا بأنها من جرائم أسطورة لي

هوا (لمدة لا تقل عن عشر سنوات) بتوصية من جامعته التي أبحاثه تنتمي إليها وكذلك هو.

وعندما عاد مينغ في ذلك المساء وقد مر على محل واشتري بعض الأغراض من أجل طعام العشاء والإفطار وبعض مواد التنظيف لأن الشقة لم تكن بحالة جيدة ربما لأنها لم يكن بها سكان لمدة طويلة.

لاحظ الطبيب مينغ بأن البناية تكاد تكون مظلمة وكأن اغلب الشقق في كل الطوابق غير مأهولة.

قضى الطبيب مينغ ليلة هادئة نوعا ما وفي اليوم الموالي خرج صباحا باتجاه المستشفى.

لقد قضى وقتا كبيرا هناك حيث أخذه أحد الموظفين إلى قسم الأرشيف وأعطاه كل الوثائق التي كان يطلبها وكلمه كثيرا عن معلومات تخص نفس الموضوع.

معلومات مفيدة

لقد أخبره موظف المستشفى الطبيب مينغ بأن هناك إشاعات بأن تلك الجثث لا تتحلل بعد دفنها، فأغلبها قد دفنت.

الموظف:

هل تعلم بأن تلك الجثث قد دفنت بمقبرة مهجورة لأن سكان المدينة لم يكونوا يريدون وجود تلك الجثث بالقرب من أقاربهم.

الطبيب مينغ:

ولما ذلك؟

الموظف:

ربما لأنها تصحو ليلا، أو أنها تعاني من شيء لا يدع باقي الجثث تنعم بالسلام.

الطبيب مينغ:

وماذا عن المقبرة التي دفنت بها؟

الموظف:

إنها مقبرة قديمة جدا ولم يعد أحد يذهب هناك، خاصة وأنها بالقرب من الغابة المخيفة.

الطبيب مينغ:

الغابة المخيفة؟

الموظف:

نعم غابة الأسطورة التي تعيش فيها لي هو ا

الطبيب مينغ:

ولكن أنا أعيش بالقرب من تلك الغابة

الموظف:

أحقا ذلك؟

الطبيب مينغ:

نعم لقد أجرت شقة في البناية التي بالقرب من الغابة ولكن يبدو أنه لا يوجد الكثيرون يعيشون هناك.

الموظف:

يا للهول، طبعا لن يون هناك سكان فتلك المنطقة مهجورة بالكامل.

الطبيب مينغ:

مهجورة؟

الموظف:

نعم مهجورة ولا أحيد يريد أن يعيش هناك، وخاصة في هذا الشهر والأكثر من ذلك شهر أغسطس.

الطبيب مينغ:

هل تعني ما تقوله؟

الموظف:

نعم بكل تأكيد نحن الجميع يصدق أسطورة لي هوا والكثيرون يقولون بأنهم قد رأوها أو سمعوا صوتها وخاصة في الليل بالقرب من الغابة يحدث الكثير من الضجيج ويسمع الكثير من الأصوات والصراخ.

الطبيب مينغ:

حقا؟ وهل أنت تصدق هذا الكلام؟

الموظف:

يجب أن لا تصدق شيئا حتى تراه بعينيك وأنا لا أريد أن أرى لكي اصدق، ولكن أنصحك بأن تغير مكان السكن.

الطبيب مينغ:

معك حق فيما قتله، ولكني لا انوي أن أغير الشقة ربما يجب أن أرى بنفسي لكي اصدق.

الموظف:

أنت حر في فعل ما تريد فعله، أنا فقط كنت أسدي إليك نصيحة.

عشق المغامرة

أخذ مينغ كلما يحتاجه وعاد إلى شقته فقد كان ينتظره عمل كثير، لقد أصبح يقف أمام النافذة الكبيرة في غرفة الجلوس والتي كانت على طول وارتفاع الجدار.

كما كانت هناك نافذة متوسطة الحجم في غرفة نومه.

كان منظر الغابة مريبا في الليل، وكان هناك نيران أحيانا أو دخان يبدو أن بعض الشباب الطائشين يذهبون هناك من أجل المغامرة لقضاء ليلة أو أكثر رغم أن امن المدينة يمنع التخييم هناك ولكن لا يمكن

ردع المغامرين وعشاق الأساطير من فعل المستحيل لرؤية الأعاجيب ولو أودى ذلك بحياتهم (إنه عشق المغامرة).

بدأ الطبيب مينغ يشعر ببعض الريبة كلما مد بالنظر إلى تلك الغابة وشعر بشيء في قلبه يشبع شعور الخوف ولكنه لم يقر بذلك رغم أنها أول مرة يراوده مثل ذلك الشعور.

فهو لم يختبر الخوف لا في غرفة العمليات ولا في المشرحة بين الجثث فمن أين يكون هذا الشعور قد أتى.

تغاضى الطبيب مينغ عن ما شعر به وواصل أبحاثه وعمله.

لقد اعتكف على تلك الملفات التي أحضرها من المستشفى وأيضا بحث عن المعلومات في الكتب الذي

جاء بها من المكتبة، وبدا يقرأ ويكتب المعلومات التي
تهمه والتي تشد انتباهه.

معاينة الغابة

وبعد مرور أسبوع كامل من البحث بين الكتب وتأمل الغابة كل ليل لعدة ساعات قرر الطبيب مينغ أن يقوم بأمرين آخرين وهما أولا أن يذهب إلى الغابة لكي يكتشفها بنفسه وقد كان يريد أن يزورها عندما يقترب عيد الميلاد لكنه قرر فعل ذلك قريبا وربما يعيد الكرة يوم عيد الميلاد بالذات.

لقد كانت مخاطرة كبيرة أن يدخل الغابة يوم عيد الميلاد وهذا لم يتفق مع الجامعة على فعله لأن في الأمر مخاطر بحياة الطبيب مينغ وما كانت الجامعة لتخاطر بحياة طبيب ماهر مثله.

كانت أوامر الطبيب المباشر والذي وافق على بحث الطبيب مينغ والذي كان مصرا على السفر إلى تلك المدينة التي بها الأسطورة بأن بأخذ الطبيب مينغ حذره وأن لا يكون متهورا في أبحاثه.

ولكن الطبيب مينغ والذي رفض وجود مساعد معه يبدو أنه كان يريد النزول إلى مكان الحدث ومعايشة الظروف في زمن مماثل.

لقد قرر الطبيب مينغ أن يدخل الغابة مع أحد الرجال التابعين لأمن المدينة أو حماية البيئة لكي يعرض عليه المكان جيدا ولكي يعرفه على مداخل الغابة ومخارجها وما فيها وأيضا الأماكن التي تم العثور على الجثث فيها.

وكانت هذه المعاينة المبدئية للغابة لكي يرجع ويعود إليها مرة ثانية ولكن هذه المرة لوجده حيث يستطيع أن يأخذ وقته للبحث دون وجود مرافق.

الطبيب مينغ يريد أن يتأمل الأرض والأشجار والنهر الموجود فيها وأيضا كان يريد أن ينصت للغابة وما تقوله، حيث سمع بأن هناك أصواتا تشبه الغناء والكلام أيضا والبعض يقولون بأنها أصوات الرياح أو أوراق الأشجار.

إذن يبدو انه كان في حاجة لدخول الغابة ثلاث مرات على الأقل، ولكنه وجد صعوبة في إقناع أحد لكي يرافقه للغابة مع اقتراب حلول شهر أغسطس.

بيت لي هوا

كما أنه قرر أن يذهب إلى المدينة حيث يقع البيت الذي كانت تعيش فيه الآنسة لي هوا والذي أصبح مهجورا بعد إن حدث لها ما حدث خاصة.

وأنها كانت تعيش مع والدتها التي قتلت نفسها بعد أن سمعت بإشاعات تقول بأن ابنتها قد ماتت.

لقد وجدت جثة الأم في البيت مخنوقة وأعلنوا وفاتها وقالوا بأنها قد انتحرت لأن ابنتها لم تعد إلى البيت بعد

مرور سنة بالكامل ربما في نفس يوم اختفاء ابنتها يوم عيد الحب 7 أغسطس.

ومنذ ذلك اليوم لم يتمكن أحد من العيش في ذلك البيت فبقي مهجورا.

عندما لم يجد أحدا لكي يرافقه إلى الغابة أخذ خريطة وذهب إلى الغابة بمفرده ولكنه التقى بشخص هناك أخبره بأنه جاء من أجل إحياء ذكرى وفاة تلك الفتاة ربما لأنه كان من عائلتها ولكن قرابة من بعيد.

لقد كان الرجل يانغ كبيرا في السن حوالي الستون سنة، أخبره بأنه سمع الكثير من الحكايات من جيده وجد والده من قبله وكلهم كانوا يؤمنون بأن الأسطورة هي حقيقية وليست مجرد خرافة.

أخبره أمورا لم تكن موجودة على الورق أو في الكتب،
لقد اخبره تفاصيل كثيرة وقال له بأن لي هوا كانت فتاة
جميلة هادئة تعيش بسعادة ولكن والدتها لم تكن كذلك.

كانت والدتها تخبرها دائما بأن كل الرجال خونة
وسوف يجعلونك تقعين في حبهم ثم يكسرون قلبك.

الرجال بلا قلوب قلوبهم هي قلوب متحجرة ولا تسري
فيها الدماء.

كانت والدتها تسقيها سم الكراهية للرجال وتحكي لها
باستمرار عن تجاربها الفاشلة.

ولكن الفتاة عندما بلغت سنا معينة كانت تبحث عن
حب حقيقي، حب تتباهى به أمام والدتها وأمام الجميع.

لقد كانت متشوقة لتجربة الوقوع في الحب ولكن
والدتها لم تكن تحب تلك الفكرة لأنها تعلم بأن ابنتها
سوف تعاني من قسوة الرجال مثلما حدث معها.

نصحتها والدتها بأن تتزوج بدل الوقوع في الحب وان
لا تثق برجل أبدا.

أول حبيب

تعرفت لي هوا على أول رجل، رجل اسمه تسونغ، ومن حظها البائس انه لم يكن جيدا بطبعه، تسونغ قد كان يريد أن يجعل فتاة تصغره بعدة سنوات في الحب.

لقد كان يكبرها بعدة سنوات (يبلغ من العمر أربعون عاما) وهذا كان سببا إضافيا لمعارضة والدتها لتلك العلاقة غير المتكافئة.

ولكن لي هوا كانت متشوقة لوجود شريك حياتها وللخروج من بيت والدتها فقبلت بأول رجل تعرفت عليه "تسونغ".

لم يكن ذلك الرجل تسونغ من مدينتها، فقد كان كل شباب المدينة يخافون من والدتها لذا لم يكن لديهم الشجاعة لكي يتقربوا من لي هوا.

اقنع ذلك الرجل لي هوا بالهرب من بيت والدتها لكي ترافقه وتعيش معه.

قررت لي هوا التي صدقت الحب الذي أوقعها فيه تسونغ أن تهرب من بيت والدتها لكي تعيش مع تسونغ الذي اخبرها بأشياء كثيرة لم تكن حقيقية.

أخبرها تسونغ بأنه اجر شقة بالقرب من تلك الغابة الجميلة، وانه وجد عملا وسوف يبقى هنا وعليها أن تأتي للعيش معه.

أصبح تسونغ الذي كان رجلا مشغولا يسافر كل يوم يومين أو أكثر إلى أماكن لم يكن بفصح عنها أنها أماكن له في ها عسل وصفقات.

وأغلبها في مدينته التي جاء منها، وبعد مرور بعض الوقت أصبح يقضي وقتا اكبر في مدينته حتى اصبح حياني لمدة أسبوع ويغيب لمدة أسبوعين، يأتي لمدة أربعة أيام ويغيب لمدة عشرون يوما.

لقد كان من الظاهر أنه مخادع وبتلاعب بالفتاة ولكنها كانت صغيرة السن وليس لديها خبرة في الحياة وهذا ما جعلها لا تتوصل إلى حقيقة كلامه أو أن تكشف كذبه.

صدمة الحقيقة

وفي يوم من الأيام، وبعد مرور عامين على تلك العلاقة، غاب السيد تسونغ لمدة شهرين بالكامل لدرجة أن الرجل صاحب الشقة جاء لكي يطالب بالإيجار أو الإخلاء.

كانت لي هوا تمتلك بعض المال ولكن لم يكن كثيرا لذا قرر السفر إلى المدينة التي كان يعيش بها حبيبها تسونغ.

قطعت مسافة ثمان ساعات بالقطار حتى وصلت إلى تلك المدينة التي لا تعرف أحدا بها.

وعندما وصلت ذهبت إلى أماكن كثير للبحث عن السيد تسونغ وقد وجدت في دليل الهاتف أربع رجال يمتلكون نفس اسم السيد تسونغ.

ذهبت إلى كل الأماكن التي من المحتمل أن تجد فيها حبيبها تسونغ.

حتى وصلت إلى بيت حيث استقبلها شاب مراهق وعندما سألته والدته من بالباب قال لها أنها سيدة تبحث عن والدي.

أدخلتها السيدة وسألتها عن سبب بحثها عن تسونغ وفيما تحتاجه.

كانت لي هوا متفاجئة بكل شيء.

بالشاب الذي قال عن تسونغ والذي وتسونغ لم يخبرها بأن لديه أولاد كما انه لم يخبرها بأنه كان متزوجا في السابق.

راحت لي هوا تتأمل الصور التي على المدفأة وعلى طاولة أخرى وهي لا تنطق بحرف.

عندما رأتها المرأة بتلك الحالة أرادت أن تجعلها تشعر بالراحة فبدأت تكلمها عن تلك الصور وقالت لها:

هل أعجبتك الصور؟

تلك عائلتي

أنا والأولاد وزوجي

لي هوا:

زوجك

السيدة:

نعم أنا السيدة بياو زوجة السيد تسونغ

ذلك زوجي في الصور

ولدينا ثلاث أبناء

تشاو ابن عمره اثنان وعشرون سنة، سيونغ ابنة عمرها ثمانية عشر سنة وشنغ ولد عمرها أربعة عشر سنة

لي هوا:

لا يمكنني أن أصدق

السيدة بياو:

نعم أنا أيضا لا يمكنني أن اصدق أننا تزوجنا منذ أكثر من عشرون عاما.

لقد كنا صغيران في السن لكننا وقعنا في الحب وأصبحت حاملا ولان تسونغ رجل شهم ويحبني فقد أصر على إنجاب ذلك الطفل، إنه نفسه تشاو الشاب الذي فتح لك الباب.

لي هوا:

وأين السيد تسونغ؟

السيدة بياو:

آسفة يا عزيزتي لا يمكنك مقابلته.

لي هوا:

لما لا؟

السيدة بياو:

لأنه ليس هنا، هل الأمر ملح؟

لي هوا:

نعم ملح، أين هو رجاءً؟

السيدة بياو:

أنت لم تخبرينني من أنت؟

لي هوا:

أنا لي هوا وقد جئت من مدينة تشوتشانغ لمقابلة زوجك

السيدة بياو:

للأسف لن يمكنك فعل ذلك

لي هوا:

هل هو مسافر؟ متى يرجع؟

السيدة بياو:

لا ليس مسافرا، إنه في المستشفى لقد أجرى عملية ويجب أن يبقى في المستشفى لبعض الوقت.

لي هوا:

ليس لي مكان لأبقى فيه هنا أظن أنه يجب ان أغادر يجب أن أعود إلى مدينتي.

السيدة بياو:

ولكن أنت لم تخبريني ما الذي تريدينه من تسونغ

لي هوا:

ذلك لا يهم

وعندما خرجت لي هوا من الباب، وأغلقت الباب
وراءها السيدة بياو، عادت ورنت الجرس، ففتحت لها
السيدة بياو الباب من جديد وقالت:

هل نسيت شيئاً؟

لي هوا:

لا فقط أردت أن أخبرك بأنني كنت أعيش مع زوجك
لمدة عامين في مدينة تشوتشانغ

وقد اجر لنا شقة ولم يخبرني بأنه متزوج ولديه أولاد

أظن أن زوجك فعلا رجل شهم ويحبك

أغلقت السيدة بياو الباب وهي لا تصدق ما قالته لها
تلك الفتاة،أما بالنسبة للي هوا فقد غادرت ودموعها

تتساقط على الأرض وهي لا تصدق ما فعله بها ذلك الرجل المتلاعب.

القلب المكسور

لقد كانت لي هوا تضع يدها على قلبها وهي تشعر بأن شيئا ما قد كسر هناك بالداخل.

لم يكن لي هوا مال للعودة في القطار فبقيت في المحطة لمدة يومين متتاليين والأمطار تتساقط والجو بارد جدا

لقد أصبحت تأخذ ما يتركه المسافرون في المحطة من بقايا الطعام لكي تأكل، وبعد ذلك أعطاها رجل بعض المال وضعه بجانبها وهي نائمة على الأرض.

قطعت لي هوا تذكرة عودة بالقطار إلى مدينتها بذلك المال الذي وجدته بجانبها.

عندما عادت إلى شقتها وجدت أشخاصا بها وقد أجرها
صاحبها لأشخاص آخرين.

وعندما سألت عن أغراضها أخبرتها السيدة الطيبة
التي تسكن هناك بأنها جمعت بعض الأغراض
وتخلصت منها لم تكن تعلم بأنها سوف تعود فصاحب
الشقة لم يقل ذلك.

شعرت بالشفة عليها وهي تبدو متسخة وجائعة
فأدخلتها وقدمت لها بعض الطعام، وبعد تلك الوجبة

السريعة قررت الفتاة لي هوا أن تخرج من تلك الشقة وان لا تعود إلى هناك ثانية.

لقد أعطتها تلك السيدة بعض المال تعويضا عن الأغراض التي قامت بالتخلص منها كما طلبت منها الاستحمام وكانت ستعطيها بعض الثياب لكن لي هوا رفضت ذلك.

خرجت لي هوا إلى الشوارع التي لم تكن قد رأتها منذ سنتين، لقد كان السيد تسونغ يبقيها في الشقة ولا يسمح لها بالخروج ويحضر لها كلما تحتاجه بدون حاجة للخروج.

تغيرت الشوارع كثيرا والمدينة بالداخل بالقرب من بيت والدتها، لم تكن تعلم إلى أين تأخذها رجلاها حتى وجدت نفسها بالقّرب من ذلك البيت الذي خرجت منه لتتخلص منه.

دخلت من باب الحديقة الأمامي، وقد كانت والدتها تقوم برعاية بعض النباتات كعادتها، نظرت إليها والدتها وقالت:

آه لقد عدت يا لي هوا

ماذا حدث لما أنت بهذه الحالة؟

هل كسر ذلك الرجل قلبك

ألم أقل لك؟

الحب غير موجود

لم تجب لي هوا بحرف واحد ودخلت مباشرة إلى غرفتها

تجاهلتها والدتها كما كانت هي تفعل.

ذهبت لي هوا إلى غرفتها مباشرة وأخذت حماما وقد وجدت غرفتها كما تركتها، أخذت حماما وارتدت

ملابسا نظيفة وخلدت للنوم، وعندما صحت وجدت بعض الطعام الذي جلبته لها والدتها التي كانت تحبها رغم قسوة طريقتها في التربية.

بقيت لي هوا تبكي لمدة من الوقت وهي لا تشعر
بتحسن مع مرور الأيام.

كانت تتناول فقط القليل من الطعام، وتبقى في غرفتها
لوحدها ولا تخرج منها أبدا وعندما لم تكن تريد أن
تسمع لكلام والدتها كانت تغلق غرفتها عليها، لذا كانت
الوالدة تضع لها الطعام عند الباب.

بقيت لي هوا بهذه الطريقة لمدة لا تقل عن السنة
وكانت حالتها تتأزم مع اقتراب عيد الحب.

لقد كان اعتكافها لحزنها ولم تكن لتخرج من تلك العزلة لأنها كانت لا تزال تشعر بطعنات الغدر الذي عرضت له كما أنها قد كانت تشعر بالخزي لأن والدتها كانت تشمت بحالها.

ولكن رغم كل ذلك كان يجب عليها ان تستجمع كل طاقتها وقوتها لكي تخرج من تلك الحالة ولكي ترى أن كان بإمكانها الاستمرار بالحياة ا وان تعيد ترتيب حياتها من جديد

الحب مرة أخرى

وبعد مرور سنة قررت أن تعود إلى بعض الحياة الطبيعية، وذلك بعد إصرار والدتها التي كانت تطالبها بالخروج للتعامل مع العالم.

قررت لي هوا أن تكمل دراستها ولكنها أصبحت تخاف من العالم الخارجي كثيرا خاصة وأنها كانت تعيش لعامين في شقة لا تخرج منها أبدا، وبعد ذلك سنة كاملة قضتها في غرفتها.

عادت للدراسة بعد فترة من الخروج للشوارع والحدائق، وبدأت تدرس وتنقطع عن الدراسة لمدة لم تقل عن ستة سنوات.

ولكنها في الحقيقة لم تكمل دراستها لأنها تعرفت على شاب شان يعمل في مطعم كان يرى بأنها فتاة هادئة ومنعزلة فقرر أن يختلط بها.

تعرف عليها وأصر بذلك وتعامل معها بشكل جيد.

وبعد إصراره لفترة من الزمن، خرجت معه في موعد إلى حديقة المدينة، بدأت علاقتها كصداقة وتطورت إلى علاقة حب.

دامت علاقتهما حوالي الثلاث سنوات، كانت مجرد علاقة حب ولم يعدها بخطوبة أو زواج بل كان يقول لها بأن الزواج هو خطوة صعبة ولا يظن أنه يستطيع أن يفعلها.

ولكن لي هوا كانت سعيدة لأنها تجاوزت تلك الأزمة التي سببها لها ذلك الرجل المخادع تسونغ.

لم تكن والدتها تحب ذلك الشاب شان الذي كان يصغرها بعامين، مثلما لم تكن تحب تسونغ، لذا كانت تحذرها وتتوقع لها بأن يقوم بكسر قلبها هو الآخر.

ولكن لي هوا كانت تثق به هذه المرة فهو لم يكن لديه زوجة ولا أطفال وقد بحثت عن عائلته وسألت عنه في المكان الذي كان يعيش فيه.

صدمة جديدة

وفي يوم ماطر أغمي على شان فأسعفه بعض الأصدقاء وعندما التحقت لي هوا بالمستشفى اكتشفت بأن شان سوف يموت بعد أسبوع وبأنه كان مريضا وقد أخفى عنها الأمر وكان يسعى جاهدا لكي يجعلها تحبه وتتعلق له

لقد كان شان مريضا ويعلم بذلك ولكن كان يريد أن يعيش قصة حب قبل وفاته فاختار لي هوا وجعلها

بطلة قصة حبه وكسب الرهان مع الزمن وجعلها تحبه وتتعلق به.

يبدو أنه لم يكن شابا فقد أخفى وضعه وأوقعها في حبه، وعندما أرادت مواجهته لكي تسأله لما عساه يفعل ذلك؟ لم يسمح له الممرضون بالدخول إلى غرفته فهو من طلب منعها من الدخول.

كما طلب من الممرض أن يخبرها بأنه لا يحبها ولا يريد رؤيتها بعد الآن.

خرجت لي هوا من المستشفى مهزومة تبكي ودموعها تتساقط على الأرض كأنها أمطار، وهي تضع يدها على قلبها وتشعر بمرارة وصعوبة في التنفس.

لقد كانت تشعر بأن الألم هذه المرة أعظم من الألم في المرة السابقة، كيف يكون أقوى إلى هذه الدرجة وقد اعتقدت في المرة السابقة بأنه يمكنها أن تموت بذلك الألم.

كسر آخر في القلب

ومع دخولها من باب البيت حتى علمت والدتها بحالتها تلك وقالت لها:

هل كسر ذلك الشاب قلبك؟

ألم أقل لك بأنه سوف يفعل؟

كل الرجال متشابهون سوف يكسرون قلبك مرة بعد مرة.

لقد قلت لك تزوجي بدون حب وكوني أسرة يمكنك فعل ذلك بكل سهولة، لا تورطي قبلك مع الرجال

القساة، يجب أن لا تحبي أبدا فقط تزوجي وأنجبي وان لم تستطيعي العيش مع الرجل غادري بيته.

لقد كان للوالدة قلب قاس قد جعله الزمن والرجال بذلك الشكل، لقد كانت حاقدة على الرجال ومتأكدة بأنهم جميعا مخادعون وليس لهم نوايا صادقة.

تفاقم الأزمة النفسية

بقيت لي هوا في عزلة لمدة ثمانية أشهر، لقد سمعت والدتها بأن ذلك الشاب قد أخفى عنها أمر مرضه، فجاءت إليها يوما وقالت لها لقد سمعت بأن ذلك الشاب قد مات فعلا لقد كان مريضا جدا.

بقيت لي هوا تبكي على نفسها وقلبها وأيضا تبكي على ذلك الشاب الذي مات في عز شبابه لقد أحبته فعلا ولم تجد له سببا مقنعا لخداعها.

استغربت كونه لم يرد مقابلتها، هل كان خائفا أم أنه شعر بالذنب.

لم تستطع فهم ما حدث معها، ولما تعرضت للخيانة مرتين.

هل كانت تستحق الخيانة؟

ألم تكن تستحق أن تجد الحب والسعادة؟

لما هذا يحدث معها بينما ترى في الشارع عندما تطل من النافذة وكان جميع الناس سعداء، لم يكن الناس سعدا لما ينجبون الأطفال.

هناك عائلات في الحدائق، ثنائيات يمسكون بأيدي بعضهم البعض، ولديهم أطفال.

لهل هم يتظاهرون بالسعادة والحب أنهما موجودان فعلا.

كانت تفكر في كلام والدتا أيضا عندما كانت تقول لها بأن الحب غير موجود، مجرد وهم، وبأن الرجال

يتعمدون كسر قلوب النساء وخاصة تلك القول الصغيرة النقية والضعيفة.

بقيت لي هوا في غرفتها لمدة ثمانية أشهر وهي حزينة لا تخرج منها أبدا ولكنها كانت تسمع كلام والدتها التي كانت تكلمها من وراء الباب تقوم بوعظها وتشتمها أحيانا وتذكرها بأخطائها التي ارتكبتها ولم تستمع لكلامها.

استمرار الحياة

قررت لي هوا بأن هذا الوضع لم يعد يطاق ويجب أن تجد حلا لحياتها، لا يمكنها الاستمرار في العيش هكذا.

خرجت لي هوا في يوم بارد الصباح باكرا يوم عيد الحب 7 أغسطس، رغم انه لم يكن من الطبيعي أن يكون الجو بارد إلا انه يصبح قاسيا أحيانا وفجأة، وقررت أن لا تعود إلى بيت والدتها مهما يكن قرر أن تخرج وأن تعتمد على نفسها.

لم تكن لي هوا سوف تتحمل ما يمكن أن تقوله لها والدتها في ذلك اليوم بالذات.

سوف تذكرها بكل الكلام الذي قالته لها عن الحب والرجال وما إلى ذلك.

وجدت لي هوا عملا في طرف المدينة لقد كان مخزنا، كما يقومون بغسل الأغراض هناك ولكن الجيد في الأمر أنها تعرفت على سيدة تعيش بالقرب لديها شقة وتريد زميلة سكن.

اتفقت لي هوا مع تلك السيدة التي لم تكن تحتاج الشقة كثيرا لأنها لم تكن تقيم هناك بل تأتي وتذهب.

لقد أصبحت لي هوا وأخيرا امرأة عاملة يمكنها أن تعتمد على نفسها.

جيري الحبيب الجديد

بقيت في ذلك العمل لمدة ستة أشهر وبعد ذلك تعرفت على رجل أجنبي اسمه جيرمي كان قد جاء من أمريكا للعمل

أصبحت بينهما صداقة واخبرها بأن لديه طفلة صغيرة، وزوجته متوفية.

أصبحا صديقين وفي يوم عرض عليها عرضا لم تكن تتوقعه، أخبرها بأنه لم يكن له علاقات منذ فترة طويلة

وانه لم يحظى بوقت لنفسه منذ وقت طويل وهذا ليس بأمر يحزنه لأنه كان يعتني بطفلته الصغيرة التي عمر أحد عشر سنة.

ولكنه قرر في هذه الفترة أن يصبح لديه حبيبة أو زوجة ربما

انه يريد امرأة في حياته

امرأة تجعل حياته مرتبة وتساعده في تربية ابنته

امرأة تكون لها لمستها الخاصة في بيته وحياته

بعد مرور ستة أشهر من تلك العلاقة أخبرها جيرمي بأنه يريد التقدم لها لطلب يدها للزواج إن كانت توافق على ذلك.

كانت لي هوا قد أخبرته بأنه تعرضت للخيانة مرتين ولا تريد أن تدخل في حب جديد وان يكسر قلبها لذا

كانت خطوته بأن تقدم لها بدلا من أن يكلمها عن الحب والوقوع فيه.

خاصة وأنه كان معجب بشخصيتها الهادئة وطبيعتها المرنة.

لقد كانت لي هوا قد أعجبت بذلك الرجل ولكن تقدمه بعرش الزواج قد جعلها تشعر بشيء كبير داخلها.

لقد شعرت بالسعادة تنبع من قلبها وتشع على وجهها

اعتقدت لي هوا بأنها وجدت حب حياتها وأخيرا وكذلك السعادة.

الحب والزواج

وافقت لي هوا على الزواج ولبست الخاتم وعاشت مع جيرمي في شقته ولكنه لم يعرفها على ابنته رغم أنهما أصبحا يعيشان معا.

كان جيرمي الذي لم يذهب إلى بيته بعد أن تقدم لخطبة لي هوا يريد أن يعرف ابنته على خطيبته بشكل مباشر

أو على الأقل أن يخبرها بذلك بشكل مباشر، وكانت لي هوا تقدر ذلك.

اتفق جيرمي مع لي هوا على موعد الزواج، وقد تعلقت به لي هوا كثيرا، يبدو أنها قد أحبته ولكنها كانت تعلم بأنه أكثر من الحب انه كما أخبرتها والدتها أفضل خيار الزواج بالإضافة إلى حلمها هي والذي كان الحب.

وعند اقتراب الموعد أراد أن يأتي باينته لكي تحضر مراسيم الزواج ولكن مع اقتراب الموعد سمع بأن ابنته مريضة وانه تم نقلها إلى المستشفى.

صعد جيرمي على متن أول طائرة باتجاه سان فرانسيسكو، تاركا وراءه لي هوا تجهر للزواج الذي لم يبق عليه إلا يومين.

لقد اختارا موعد زواجها في اليوم الموالي لعيد الحب 7 أغسطس.

بينما لي هوا تشعر بالسعادة وقد أخبرت الجميع عن ذلك الزواج ودعت كل المدينة وعادت إلى بيت والدتها

في يوم 7 أغسطس، فقد كانت تشعر بالتوتر لسفر جيرمي المفاجئ.

كما أنه منذ أن صعد على متن الطائر لم يعد لها اتصال به، فهو لم يكن يرد على الاتصالات.

نهاية تعيسة

يوم عيد الحب قامت لي هوا صباحا وهي تظن بأن جيرمي سوف يصارحها بحبه في هذا اليوم وخاصة أنها أخبرتها عن عاداتهم في هذا اليوم المهم لديهم.

كما أنها كانت متشوق للزواج غدا

في ذلك اليوم أقامت لها والدتها حفلة وعزمت كل الفتيات واختارت لها فستانا زهريا جميلا.

وبينما النساء يحتفلن بها حتى جاءتها برقية.

استلمتها والدها وأعطتها لها.

عندما فتحت البرقية التي وجدت بأنها من جيرمي

احمرت خجلا

واعتقدت بأنه ربما اختار هذا الأسلوب لمصارحتها
بحبه لها.

عندما فتحت البرقية وجدت بأن جيرمي يلغي الزواج
ويعتذر عن العودة، لأن ابنته لا توافق على زواجه
واستبدال والدتها بامرأة أخرى وهو اختار ابنته.

شعرت لي هوا بشيء عظيم، تساقطت دموعها
وهرعت من بين النساء والدموع كأمطار.

هذه المرة شعرت بأنها سحقت، شعرت وكان قلبها قد
تفتت.

لم يكن لها قوة على تحمل كل ذلك.

وأصبحت أسطورة

لقد خرجت وهي تبكي وسارت وجرت طول الشارع
وهي تريد الهرب من عيون الناس

كانت تعتقد بأن الناس سوف يتشمتون بها مثلما تفعل
والدتها

هربت من الناس لتجد نفسها أمام الغابة فدخلت فيها،
وانقلب الجو وأصبحت السماء سوداء بالسحب،
وأمطرت السماء ولم تخرج لي هوا من تلك الغابة أبدا
ولم تجدها الشرطة عندما بحثوا عنها ولا حتى جثتها

وبعد ذلك بسنة أصبح الناس يموتون بتلك الطريقة وظهرت أسطورة لي هوا.

هناك من يقولون بأنهم رآها بهيأتها تلك التي دخلت بها إلى الغابة.

كان ذلك الرجل يعرف قصة لي هوا جيدا لأنه يعيش في نفس المكان الذي به بيتها كما قد عاش كل أجداده هناك.

شجاعة الخائنين

لقد تحصل مينغ على الكثير من المعلومات عن الفتاة التي اختفت بطريقة غامضة وعاشت أحداثا مؤلمة في حياتها ولكنه لم يكن مقتنعا كثيرا بفكرة أنها أصبحت شبحا وان لها علاقة بقتل أولئك الناس.

لم تكن الأسطورة هي من تهمه بل كان السبب وراء توقف قلوب أولئك الأشخاص بنفس الطريقة وفي نفس الذكرى أي نفس التاريخ ولكن سنة بعد سنة.

أخذ ذلك الرجل يانغ الطبيب مينغ إلى البقعة التي كانت الشرطة تجد فيها الجثث التي كانوا يصفونها بجثث الفضوليين.

كانت كل الجثث وعلى مر السنوات لرجال في مختلف الأعمار والتي كان دافعها الفضول لدخول تلك الغابة في ذلك اليوم بالذات عيد الحب 7 أغسطس فلاقت حتفها.

كان الناس يتسابقون لرؤية من يمتلك الشجاعة لكي يذهب إلى الغابة في ذلك اليوم بالذات لكي يرى سيدة الحب التي تعرضت للخيانة ثلاث مرات فكسر قلبها.

ولم يتجبر لذا هي تنتقم من الرجال الخائنين والذين لا يمتلكون قلبا ومن يدخلون الغابة بنية السخرية أو الشفقة أو السخرية أو غير ذلك كانت لديهم الكثير من الأسباب لفعل ذلك.

يبدو أنهم بالفعل قد حضي كل واحد منهم بفرصة اللقاء بلي هوا وهذا السبب وراء موتهم الغامض جميعا.

لقد كانت بقعة واحدة هي التي كانت الشرطة تجد الجثث فيها لذا فمهما حاولت الشرطة منع الناس من دخول الغابة في ذلك اليوم لم يستطيعوا التحكم في الأمر، لذا فالشرطة أصبحت مجبرة على البحث عن الجثث في نفس المكان في كل يوم يلي يوم عيد الحب.

فحص واختيار

لم يكن أحد يعلم حقيقة ما كان يحدث في تلك الليلة أو اليوم.

لم يكن يسمح لحد بدخول الغابة لأن الغابة تتغير في عيد الحب من حيث الجو.

يخيم جو غير طبيعي على الغابة في يوم عيد الحي رغم أن الفصل لا يكون شتاء إلا أن الغابة تصبح مظلم والسماء فوقها داكنة وتسقط الأمطار وتصبح الأرض موحلة.

وللغابة قوانين لا يعرفها أحد ولم يستطع فهمها أحد سابقا، ففي عيد الحب يتقدم العديد من المغامرين والفضوليين لدخول الغابة ولكن لا يسمح للجميع بالدخول بل هو شخص واحد.

كيف يتم اختيار الشخص أو من يقوم باختياره لا أحد يعلم، ولكن أحيانا يرجع بعض الأشخاص يوما بعد يوم حتى يتم قبول البعض وبالطبع يموتون.

كان ذلك المكان يبدو طبيعيا بعض الشيء أنها مساحة بين بعض الأشجار، والأمر الغريب الوحيد كان مساحة على الأرض حيث لا يوجد أعشاب وكأنها اثر لحريق ما.

وبالرغم من كل ذلك الكلام الذي سمعه مينغ إلا انه كان يصر على التعرف على الأمور والتوصل إلى حقيقتها فهو لم يكتف بما سمعه وقرأه ولا يريد التراجع.

بل بالعكس لقد طلب من السيد يانغ أن يرافقه في يوم آخر إلى حيث بيت لي هوا.

بالغرم من كل شيء إلا انه تحتم عليه أن يربط الأمور ببعضها أسطورة لي هوا والجثث التي أراد أن يعرف سبب توقف القلب لأصحابها لن كل المدينة تربط موت أولئك الرجال بأسطورة لي هوا.

لي هوا الفتاة الجميلة

في اليوم التالي رافق الطبيب مينغ السيد يانغ الذي ومن حسن الحظ كان يمتلك مفتاح بيت لي هوا.

دخل الطبيب مينع إلى بيت لي هوا الذي لم يكن يبدو غريبا بل كان بيتا عاديا جدا، ولكنه كان يبدو بيت مهجور بارد وكئيب.

لم ير أي أمر يثير الاستغراب إلا بعض الحروق في غرفة الجلوس وعندما سأل السيد يانغ عنها اخبره بأنه لا يعرف فلطالما كانت هكذا ولكن أحدا لم يتمكن من

العيش في هذا البيت لأنهم يخافون منه كما أنهم يسمعون بعض الضجيج فيه ليلا.

الأمر الوحيد الذي تمكن منه الطبيب مينغ في زيارته لبيت لي هوا كان أنه رأى صورة لفتاة جميلة تبدو هادئة من صورتها، لها عيون سوداء وشعر اسود يصل إلى كتفيها وولها شفاه وردية وخدود تلمع وبشرة براقة.

تلبس شالا احمر اللون ومعطفاورديا ووراءه ثلوج، ربما كانت الفتاة في سن الثامنة عشر لقد كانت تشع ربما تم أخذ تلك الصورة لها في لحظة تملؤها السعادة العارمة، ولكن الزجاج الذي فوق الصورة، زجاج الإطار كان مكسورا.

بعد ذلك عاد الطبيب مينغ إلى أبحاثه من جديد، وقام بزيارة المستشفى مرة أخرى ولكن هذه المرة لأن كان لديه موعدا مع الطبيب جراح القلب هناك والذي كان مسافرا قبل أيام وقد عاد.

الطبيب كان من قرية ولكنه عاش كل حياته في تلك المدينة وقد مرت عليه عدة حالات ولكنه كان يؤمن بأن تلك الجثث التي وجدت بالغابة على مر السنوات

في اليوم الذي يلي يوم عيد الحب لها علاقة بأسطورة لي هوا

استغرب الطبيب مينغ من كلام ذلك الطبيب لأنه في نظره لم يكن منطقيا ولكن سكان تلك المدينة والقرى التابعة لها كانوا يؤمنون بالأساطير وخاصة التابعة لمنطقتهم.

سأله الطبيب مينغ عن تفسيره العلمي ورأيه الشخصي في أمر توقف القلب بتلك الطريقة.

أخبره الطبيب بأنه لم يسبق وأن جاء إلى المستشفى شخص واحد يعاني من أعراض مشابهة لتلك الأعراض على الجثث، فذلك المرض غير معروف وأعراضه ليست إلا على تلط الجثث بالذات لذا إنهم يعتقدون بأن للأمر علاقة بالأسطورة ولك يعودوا يبحثون عن تفسيرات أخرى.

بل هم لا يعتقدون بأنه مرض بل هي عوارض على جثث معينة(جثث الغابة رجال قضوا حتفهم يوم 7 أغسطس في غابة أسطورة لي هوا وبنفس الطريقة).

لم يستطع الطبيب مينغ أن يستوعب ذلك الإيمان الذي لدى الجميع بأسطورة لي هوا وأنها هي المسئولة عن موت أولئك الناس بدون تفسير علمي لطريقة موتهم، تفسير لتوقف القلب بتلك الطريقة بالذات.

وبعد ذلك لم يكن قد توصل مينغ للكثير فقرر زيارة الغابة من جديد وقد حل أغسطس، ذهب إلى الغابة التي كانت تبدو جيدة وفجأة يغير الجو فتصبح مظلمة وغامضة.

يوم 6 أغسطس

التقى الطبيب مينغ بالسيد يانغ هناك مجددا ولكن بعد أن تجول في ذلك المكان الذي ينتمي للي هوا المكان الذي تعودت الشرطة أن تجد فيه الجثث.

في تلك الأيام أصبح الشباب والمراهقون يزورون الغابة كثيرا لاقتراب عيد الحب ولكن السيد يانع أخبر الطبيب مينغ أنهم يفعلون هذا كل سنة ويختفون يوم 6 أغسطس لخوفهم.

ولكن في الأيام التي قبل ذلك منهم من يأتي مع حبيبته لكي يتحدى لي هوا وإذا خرج سالما اعتقدت حبيبته بأن ذلك يعني بأنه شخص وفي.

اخبره الطبيب مينغ بأنه لم يتوصل للكثير في بيته ولم يبق أمامه إلا خيار واحد وهو أن يأتي ليرى ما يحدث يوم عيد الحب وربما يرى لي هوا.

اخبره الرجل بأنه ربما لن يسمح له بدخول الغابة فالغابة تعرف من تختار وكل من تختارهم وتسمح لهم بالدخول يموتون فلما تعرض نفسك للخطر.

كان الطبيب مينغ قد توصل إلى طريق مسدود تقريبا لذا فقد كان مصرا على تلك المحاولة الأخيرة.

الثانية عشر ليلا

مرت عدة ليالي ماطرة وميغ يقف كل ليلة أمام تلك
النافذة الكبيرة يحتسي كوب الشاي ويتأمل الغابة
المظلمة، لقد كانت ليال مؤرقة لم يكن ينال قسطا جيدا
من النوم ليلا ولكن كان باستطاعته النوم خلال النهار.

وعندما دقت الساعة الثانية عشر ليلا يوم 6 أغسطس
ارتدي مينغ معطفا يقي من المطر فوق منامته وهو
يرى البرق يصعق الغابة وخرج باتجاهها لم يكن حتى

في حاجة لضوء كشاف فلم يكن يمتلكه ولكن البرق كان يجعل الرؤية واضحة بعض الشيء.

أخذ معه جهاز تسجيل لكي يسجل بعض الملاحظات التي قد يحتاجها في بعد.

كانت تبدو مغامرة سيئة بدون ضوء كشاف داخل غابة مظلمة ماطرة.

ولكن لم يكن هناك ما يردعه، خرج مينغ في ذلك الليل فقط بمنامته ومعطف المطر.

خرج من البناية التي أصبحت مظلمة بالكامل فقد انقطع التيار الكهربائي، وتوجه إلى الغابة التي لم تكن تبعد كثيرا عن البناية.

دخل الغابة التي بدت وكأن عليها حاجزا عندما أبرقت السماء بدت خيوط المطر وكأنها حاجز شفاف أو سور عظيم يحيط بالغابة على امتداد النظر.

دخل مينغ خلال ذلك السور الذي لم يكن سورا فعليا ولكنه ربما كان كذلك، والعجيب ما حدث بعد ذلك.

كان الأمر وكأن مينغ قد عبر بوابة أو دخل عالما آخر يختلف عما تركه وراءه كليا.

لقد عبر إما عبر بوابة الزمن أو بوابة تفصل بين عالمين.

لقد تغير كل شيء حوله ماعدا ملابسه وهيأته.

عبر مينغ من منتصف الليل إلى مكان منير وكان النهار قد حل فجأة وعندما نظر وراءه وجد وكأنه داخل الغابة وليس فقط في بداياتها فقد كان وقبيل دخوله الغابة أمامه الغابة ووراءه مجالا مفتوحا حتى البناية التي يعيش فيها.

كان الجو صاحيا ومشرقا والشمس ساطعة

لم يفهم مينغ ما اجث للتو ولكنه اقتنع بأن شيئا غريبا لا يصدق يحدث هناك.

واصل سيره بدون خوف، كانت هناك فراشات وعصافير وأرانب وضوء الشمس يتخلل الأشجار بشكل رومانسي جميل.

واصل سيره والغابة كانت تشبه إلى حد كثير شكلها عندما زارها سابقا، لقد كان يعرف الطرق فيها ويعرف كيف يدخل ومن أين يستطيع الخروج، ورغم غرابة الوقف إلا انه أراد أن يواصل سيره ربما عشر على شيء.

الحقيقة كاملة

واصل سيره ورجلاه تعرفان إلى أين تأخذانه، رأى فتاة تجري بين الأشجار، لم يتمكن من رؤيتها بشكل واضح ولكنها كانت فتاة ترتدي فستانا زهريا جميلا يطير وراءها فكانت كأنها فراشة بأجنحتها الوردية الخفيفة والجميلة.

كان يتجه باتجاه وعندما رآها غير طريقه وتبعها ولكنها كانت تظهر وتختفي وفي أماكن مختلفة حتى أصبح يشعر بالدوار وبعد ذلك جلس أرضا لبعض الوقت لكي يرتاح ويستجمع قوته ويلتقط أنفاسه.

جلس على الأرض وهو يضغط على رأسه بكلتا يديه،
وهو يطأطئ رأسه وينظر إلى الأرض.

وفجأة سمع صوت بكاء لقد كانت تلك الفتاة نفسها التي
كانت تجري هنا وهناك، مرت من أمامه ودموعها
تتناثر على الأرض وراءها كأنها أمطار.

اعتقد أنها حقيقية سألها:

آنستي آنستي

ما بك آنستي؟

هل أنت بخير؟

وتبعها، ولكنها لم تكن ترد عليه.

واصلت الفتاة سيرها حتى وصلت إلى مكان كان مينغ
يعرفه تمام انه نفس المكان الذي كانت الشرطة تجد فيه
الجثث المكان الذي كانوا يطلقون عليه منطقة لي هوا

وفجأة سقطت الفتاة على ركبتيها فارتفعت الأرض
وانفجرت وكأن الفتاة كانت ذات حمل ثقيل وكان
سقوط الفتاة على الأرض قد حفر حفرة في الأرض.

كان يحاول الوصول إليها لكي يسألها مجددا ما بها
ولكنه وجد صعوبة في الوصول إليها وكان هناك
حاجزا بينه وبينها.

كانت الفتاة التي لم يستطع رؤية وجهها تقوم بشيء ما،
وبعد قليل وجد بأنها تحمل قلبها بين يديها وكانت
تحاول إصلاحه كانت يداها ملطختان بالدماء والدموع
تنهمر من عينيها وهي تحاول إصلاح قلبها.

ضربته على الأرض ولم يكن ينبض.

فتشته فوجدت به كسور حاولت أن تجمعه ولكنه لم
يكن ينبض.

أخذت إبرة وخيط وحاولت أن تخيطه ولكنها لم تستطع

أخذت شريطا لاصقا وأرادت أن تجمعه بواسطته ولكنه لم يكن يلتصق ببعضه.

حاولت كثيرا وهي تبكي

ثم حاولت أن تعيده بحالته تلك إلى صدرها ولكنه لم يكن يدخل.

لم تعلم ما يمكنها فعله.

وفجأة اسود وجهها وقامت من مكانها وبسعة البرق وجدها مينغ أمامه وجها لوجه.

لقد شعر بشيء في قلبه.

ربما هو الخوف، لقد كانت بوجه اسود تماما وصدر مفتوح كل الأعضاء التي بداخلها كانت تعمل إلا القلب لم يكن هناك مساحته خالية.

عيناها كانت كأنهما مجرد تجويف لا عيون هناك أيضا

اختفى الحاجز الذي كان بينها وبينه والتصقت به لكي يجد نفسه قد تحول إلى مكان وزمان آخرين.

المكان نفسه ولكن لم تكن هناك تلك الحفرة على الأرض وفجأة جاء رجل يبدو انه لم يكن يرى من يشاهد ذلك الحدث حتى مينغ لم يكن يرى نفسه بدا الأمر وكأنه يشاهد حلما.

جاء ذلك الرجل وراح ينادي لي هوا لي هوا لي هوا

هل أنت شبح؟

أين أنت؟

أنا أيضا تعرضت للخيانة

هل يجب أن أصبح شبحا؟

وبعد قليل ظهرت له لي هوا وهي جميلة جدا بفستان زهري تشّع بالجمال والنور

تفاجأ الرجل وقال لها:

أنت حقيقية أنت موجودة لم أكن أتوقع ذلك

راحت لي هوا تدور حوله وترتفع عن سطح الأرض

وتعود إلى الأرض

لم تكن لي هوا تتكلم ولكن الرجل كان يجيبها وكأنها كانت تطرح أسئلة عليه

الرجل:

نعم أنا أراك

أنت جميلة

أنت جميلة جدا

أرجوك لا تذهبي

لا أريد أن أبقى وحيدا

هل يمكنك البقاء معي

لما ..؟

لما أريدك معي؟

أنا ..

لا تذهبي رجاء

أين أنت؟ (وقد اختفت)

جلس ذلك الرجل وقام

مشى ثم عاد أدراجه

كان كأنه يهلوس

ثم راح يتوسل ويقول:

أرجوك ارجعي يا لي هوا

أنا أسف

أنا لم اقصد أن أخونك

(أرعدت السماء وأمطرت)

رجاء عودي

سامحيني

(صحا الجو مرة أخرى)

ثم ظهرت له لي هوا مرة أخرى

فقال لها:

نعم يا لي هوا

أنا أحبك

أحبك

نعم أنا أشم شيئا

ماذا؟

هذه ماذا؟

إنها رائحة الحب

إنها رائحة جميلة هل هي رائحتك

ولكن أنا اختنق

الرائحة أصبحت قوية وأنا لا اشعر بأنني بحالة جيدة

فجأة اسود وجه لي هوا وأصبحت غاضبة جدا

أرجوك (وهو يكاد يختنق وقد وقع على ركبتيه وحفر حفرة صغيرة على الأرض وأصبح كأنه يركع لها)

أوقفي تلك الرائحة

أجل أنا احبك

لقد أخطأت لقد خنتك

سامحيني

أنا آسفة

ماذا تقصدين؟

أو ربما رائحة الحب ممزوجة براحة الخيانة

هل أنا أشم رائحة الخيانة؟

ولكنني سوف أموت

هه هه

أنا اختنق

وفجأة سقط على الأرض.

لقد فهم مينغ بأن ذلك الرجل بعد أن اقر بالحب لي
هوا قد اشتم رائحة كانت رائحة نالت إعجابه وقد
أخبرته لي هوا بأنها رائحة الحب.

ثم اختنق برائحة أخرى قد قالت له لي هوا بأنها رائحة
الخيانة ثم توقف قلبه.

لقد علم بأن ذلك لي هوا قد جعلت ذلك الرجل يقع في حبها ثم تذكرت الخيانة وجعلته يختنق برائحة الخيانة ثم جعلت قلبه يتوقف.

ولكن لم يتوقف الأمر عند ذلك الحد لقد مرت أمامه عدة لقطات العديد من الرجال منهم من يجري مع لي هوا وكأنهما عاشقان ومنهم من يجلس بجانبها يتأمل السماء، ومنهم من كان نائما ولكنه كان يحلم بلي هوا وكأنه في حلمه يحبها ويعشقها، وعندا استيقظ شعر بنفس الأعراض رائحة طيبة ثم رائحة خانقة ثم توقف قلبه.

لا مبرر لكسر قلب

وأخيرا توصل مينغ إلى أول رجل لم يكن حبيب لي هوا ولا كل أولئك الرجال بل توصل إلى أن لي هوا حقا موجودة في تلك الغابة وهي تجعل الرجال الذين يدخلون الغابة في ذلك اليوم 7 أغسطس والذين تختارهم لأسباب تعود إليها وتجعلهم يقعون في حبها ويعترفون.

ثم تتذكر الخيانات التي تعرضت لها فتجعلهم يشعرون بما شعرت به هي في قلبها وتقوم بقتلهم.

وفجأة وجد مينغ نفسه في نفس المكان السابق وبينه

وبين لي هوا التي مازالت تجلس هناك في نفس البقعة

تحاول ترقيع قلبها، فخاطبها وقال لها:

لي هوا.. لي هوا

وفجأة زال الحاجز الذي بينهما فلم يشأ أن يتقدم لكي لا

يجعلها تشعر بالتهديد ربما ليس لأنه خائف فهو لم يكن

يشعر بالخوف.

وواصل كلامه قائلا:

لي هوا أنا لا أعرفك جيدا

ولا اعرف ما حدث معك حقا

ولكن كل ما أعرفه هو أنني اعتذر لك

أنا آسف لكل ما حدث معك

اعتذر بالنيابة عن السيد تسونغ لقد كان رجلا خائنا وقد خدعك وخدع زوجته وأولاده.

لم يكن يستحقك أنت أفضل منه أنت كنت فتاة صغيرة بريئة وهو كان رجلا مخادعا

أنا أسف لأجل ذلك

اعتذر بالنيابة عن السيد شان

لقد أخفى عنك حقيقة مرضه وهذه خيانة كما انه لم يستطع مواجهتك لأنه ربما كان يشعر بتأنيب الضمير أو ربما فقط لأنه كان جبانا.

ولكن كل تلك المبررات لا تهم لأنه بالفعل قد خدعك وخانك

أنا آسف لأجل ذلك

أعتذر بالنيابة عن السيد جيرمي

لقد ارتكب خطأ فادحا لأنه أخفى الخبر عن ابنته ثم اختار العودة إلى بلاده هاربا من مشاكله بدل أن يواجه الموقف كرجل

إنه حقا رجل ضعيف ولا مبرر لخيانته لك بتلك الطريقة السيئة.

أنا آسف لأجل ذلك

أنا اعتذر منك يا لي هوا بالنيابة عن كل أولئك الرجال وغيرهم.

اعتر منك على كل تلك الجروح وكسر القلب.

أنا آسف.

لقد عانيت الكثير وأنا آسف لذلك.

لا مبرر للضعف والجبن والخيانة والخداع.

لا مبرر لترك شخص في منصف الطريق.

لا مبرر لكسر قلب

أرجوك اقبلي اعتذاري.

أنا آسف أيضا لأنني لم أكن اعلم ما شعرت به رغم أنني بحثت عن كل تلك التفاصيل.

في تلك اللحظة عادت لي هوا إلى حالتها الأولى وأصبحت فتاة جميلة بعينين دامعتين وقلبها في مكانه ولا دماء على فستانها.

ابتسمت ابتسامة هادئة وكأنها شعرت بالسلام أشع وجهها ثم ظهر نور حولها وسطع وفجأة اختفت ولكن ظهر في نفس المكان الذي كانت تقف فيه أزهار جميلة وردية اللون.

اقترب مينغ من الأزهار وقطف زهرة ولكنه سمع صوتا يخبره بأن لا يستنشقها لأنها لازالت تحمل أثرا لا يحبذ شمها فهي ربما تميت.

حتى الأزهار قادرة على القتل

وفجأة صحا في فراشه وكان الوقت صباحا الساعة التاسعة والتاريخ 8 أغسطس فاعتقد بأنه كان يحلم ولكنه وجد تلك الزهرة الوردية على الطاولة بجانبه.

حزم حقائبه وقد قرر العودة إلى مدينته لأنه اكتشف تفاصيل القصة وعلم ما كانت تفعله لي هوا كل هذا الوقت في تلك الغابة ولما كانت تفعل ذلك.

عندما خرج من البناية تصادف مع ذلك الرجل يانغ الذي سأله وقال الم تسمع آخر الأخبار.

هذه أول مرة منذ سنوات لم تعثر الشرطة على جثة في اليوم اللي يلي عيد الحب في الغابة.

الطبيب مينغ:

هذا خبر جيد.

السيد يانغ:

هل تظن أن لي هوا لم تعد غاضبة؟

الطبيب مينغ:

ربما تصالحت مع نفسها أو وجدت السلام

السيد يانغ:

معك حق

لقد ذهبت إلى هناك هذا الصباح وقد وجدت أزهارا غريبة نمت هناك لم تكن اليوم الذي قبل عيد الحب موجودة.

أزهار تشبه هذه التي تحملها.

الطبيب مينغ:

هذه (وهو يشير يقصد الزهرة التي بيده)

لقد وجدتها بجانب السرير هذا الصباح

السيد يانغ:

إنها جميلة جدا وتبدو وديعة

الطبيب مينغ:

ولكن احذر

أطن أن لها رائحة قادرة على القتل

السيد يانع:

حتى الأزهار قادرة على القتل

الطبيب مينغ:

أن تعديت إلى حدودها قد تقتلك

كل من يظلم يستطيع أن يتحول إلى قاتل بطريقة أو
بأخرى.

إما أن يقتل دفاعا عن نفسه

أو أن يقتل بدون أن يقصد

إما أن يقتل من ظلمه أو أن يقتل نفسه من شدة الحزن
والأسى.

وربما الظلم هو من يقتله.

وهناك من يتحول إلى قاتل فحسب.

الظلم صعب جدا والخيانة ظلم.

Sommaire